Tudur Budr

Jyrms!

DAVID ROBERTS · ALAN MACDONALD
Addasiad Gwenno Mair Davies

Gomer

Casglwch lyfrau
Tudur Budr i gyd!

Mwydod!
Chwain!
Pants!
Torri Gwynt!
Ych a fi!
Cracyrs!
Smwt!
Mwd!
Tŷ Bach!
Fy Llyfr Stwnsh

RHYBUDD!
PAID Â BOD FEL TUDUR!
DAL DY JYRMS MEWN
HANCES BAPUR A'I
THAFLU I'R BIN BOB AMSER.
A CHOFIA OLCHI DY DDWYLO!
**MAE'N SMWT-TASTIG
O RWYDD!**

Cynnwys

JYRMS!

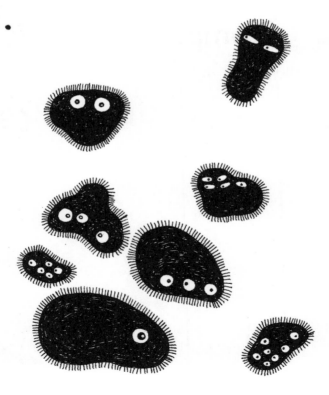

PENNOD 1

'Wyt ti'n iawn?' gofynnodd Mam. 'Dwyt ti ddim yn edrych yn hanner da.'

Tynnodd Tudur ei sylw oddi ar ei frecwast. Siarad â Siwsi, oedd newydd lusgo'i ffordd i mewn i'r gegin, oedd ei fam.

'Dwi'n boeth,' cwynodd.

'A dweud y gwir, dwi'n teimlo'n eitha poeth hefyd,' meddai Tudur, â llond ei geg o rawnfwyd.

Tudur Budr

'Mae gen i boen yn fy mhen,' mwmiodd Siwsi. 'Dwi'n brifo drosta i.'

'Mae fy mhen innau'n brifo hefyd,' meddai Tudur. 'Mae o'n boenus pan dwi'n siarad.'

Anwybyddodd Mam o. 'Gad i mi weld,' meddai wrth Siwsi. 'Mawredd! Edrych ar y smotiau yma! Mae'n edrych yn debyg dy fod ti wedi dal brech yr ieir.'

'Brech yr ieir?' griddfanodd Siwsi.

'Brech yr ieir!' ebychodd Tudur.

Aeth Mam i nôl ei llyfr mawr meddygol glas a phori drwy'r tudalennau. 'Dyma ni,' meddai. 'Brech yr ieir: smotiau bychain cochion sy'n cosi, twymyn, a phoen dros y corff. Oes, mae brech yr ieir arnat ti. Dim ysgol am wythnos, mae gen i ofn.'

'AM WYTHNOS?' ebychodd Tudur.

Tynnodd Siwsi ei thafod arno cyn llusgo'i hun yn ôl i fyny'r grisiau.

'Beth amdana i?' holodd Tudur, gan godi ei

grys. 'Mae croen fy mol i wedi dechrau newid ei liw. Wyt ti'n meddwl mai arwydd o frech yr ieir yw hyn?'

'Dwi'n meddwl mai budr wyt ti,' meddai Mam. 'Rŵan, gorffen dy frecwast. A chofia gadw'n ddigon pell oddi wrth Siwsi; mae brech yr ieir yn heintus iawn.'

Ochneidiodd Tudur. Doedd hyn ddim yn deg. Pam roedd ei chwaer yn dal brech yr ieir ac yntau byth yn cael dim? Os oedd rhywun

Tudur Budr

yn haeddu dal rhywbeth, yna fo oedd y person hwnnw. Doedd o prin *byth* yn golchi'i ddwylo. Byddai Siwsi yn cael wythnos gyfan o'r ysgol tra oedd o'n gorfod eistedd trwy wersi diflas gyda Miss Jones. Llyncodd Tudur ei boer. Roedd o newydd gofio mai dydd Gwener oedd hi – diwrnod gwaith cartref. Roedd Tudur, fel arfer, wedi penderfynu peidio â gwneud ei waith cartref tan y funud olaf. Ac yna, ar y funud olaf, roedd o wedi llwyr anghofio popeth amdano. Fyddai Miss Jones, fodd bynnag, ddim yn anghofio. Roedd unrhyw rai oedd yn mentro peidio cwblhau eu gwaith cartref yn wynebu'r perygl o gael eu dienyddio, neu waeth.

Tudur Budr

Byddai popeth yn iawn tasai gen i frech yr ieir,
meddyliodd Tudur. Cyffyrddodd â'i dalcen.
Roedd o *yn* teimlo'n eithaf cynnes. Crafodd
ei gesail. Roedd o'n bendant yn cosi. Roedd
o'n dechrau darbwyllo'i hun fod ganddo yntau
frech yr ieir.

'MA-AM!' llefodd. 'Dwi ddim yn teimlo'n
dda iawn!'

'Rwyt ti'n holliach, Tudur,' meddai Mam.
'Rwyt ti newydd fwyta llond dwy fowlen fawr
o frecwast.'

'Ia, ond cyn i mi deimlo'n sâl oedd hynny.
Mae hi'n stori wahanol rŵan.'

'Paid â siarad lol, Tudur. Brysia i olchi dy
ddannedd.'

Stompiodd Tudur yn swnllyd i fyny'r grisiau i
gyfeiriad y stafell ymolchi. Pam nad oedd neb
byth yn fodlon ei gredu? Fe allai o fod ar fin
marw, a byddai neb yn cymryd sylw! Syllodd

Tudur Budr

yn y drych. *Dim un smotyn bach,* meddyliodd. *Am anlwc!*

Ond aros funud, beth ddywedodd Mam? Fod brech yr ieir yn hawdd i'w dal? Doedd ond un peth amdani felly, fe fyddai'n rhaid iddo ei dal. Wedi'r cyfan, pam ddylai ei chwaer fawr drachwantus gadw'r jyrms i gyd iddi hi ei hun?

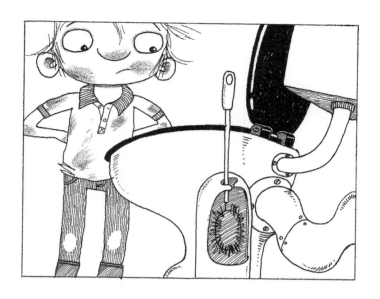

PENNOD 2

Jyrms, meddyliodd Tudur. Dyna beth oedd eu
hangen arno. Roedd jyrms yn lledaenu
afiechydon – ac yn ffodus iddo fo, roedden
nhw ym mhobman. Roedd ei rieni byth a
beunydd yn dweud wrtho, 'Paid â chyffwrdd
hwnna, Tudur, mae o'n llawn jyrms!' Roedd
gan gathod a chŵn jyrms. Roedd y toiled
wedi ei orchuddio mewn jyrms. Roedd hi'n

Tudur Budr

bosib dal jyrms drwy bigo'ch trwyn neu fwyta fferins oedd wedi bod ar y llawr.

Roedd Tudur wastad wedi bod eisiau edrych yn fanylach ar y jyrms o dan ficrosgop. Roedd o'n dychmygu y bydden nhw'n edrych fel byddin fach o fwystfilod gydag wynebau'n gwgu a choesau blewog. Byddai jyrms oer yn wyrdd. Byddai jyrms brech yr ieir yn smotiog. Ond sut oedd eu dal nhw? Edrychodd Tudur o'i gwmpas a sylwi ar frwsh dannedd pinc Siwsi. Byddai hwnnw'n llawn o'i jyrms hi! Gwasgodd lwmp mawr o bast dannedd arno. Roedd golchi dy ddannedd gyda brwsh dy chwaer yn syniad digon afiach, hyd yn oed iddo fo, ond os oedd hynny'n golygu na fyddai'n gorfod mynd i'r ysgol, yna mi fyddai'r cyfan werth chweil.

Tudur Budr

'Tudur!' galwodd Mam. 'Beth wyt ti'n ei wneud?'

'Dim!' gwaeddodd Tudur. 'Dim ond golchi fy nannedd.'

Llyncodd beth o'r past dannedd er mwyn rhoi gwell siawns i'r jyrms gyrraedd ei grombil. Yna syllodd ar ei wyneb yn y drych ac aros. Anhygoel – dim un smotyn. Beth oedd yn rhaid iddo ei wneud i ddal jyrm neu ddau?

Tudur Budr

Daeth wyneb yn wyneb â'i fam ar ben y grisiau, ac roedd hi'n cario gwydryn o lemonêd.

'I Siwsi mae'r ddiod yna?' gofynnodd Tudur. 'Ga i fynd â hi iddi?'

'Pam?' meddai Mam, yn amheus.

'Eisiau helpu, dyna i gyd.'

'Hmm,' meddai Mam. 'Gwell i ti beidio, dydw i ddim eisiau i ti ddal ei jyrms hi.'

'Wna i ddim!' meddai Tudur. 'Wna i ddim mynd yn agos ati. Dim ond rhoi'r ddiod i lawr yn rhywle o fewn cyrraedd iddi.'

Rhythodd Mam ar Tudur yn ddrwgdybus. Doedd o ddim fel Tudur i gynnig helpu. 'O'r gorau, ond paid â'i gollwng hi ar y carped. A gad lonydd i dy chwaer!'

Gwenodd Tudur yn slei. Unwaith y byddai Siwsi wedi yfed ychydig o'r lemonêd, fe fyddai'r gwydryn wedi'i orchuddio â'i jyrms hi. Un llymaid o'r ddiod ac fe fyddai'n yfed biliynau ohonyn nhw.

Tudur Budr

Roedd Siwsi yn eistedd yn ei gwely â'i phen yn gorffwys ar bentwr o glustogau.

'Beth wyt ti eisiau?' ochneidiodd.

'Dwi wedi dod â gwydryn o lemonêd i ti,' meddai Tudur, gan wenu'n annwyl.

Edrychodd Siwsi arno'n amheus. 'Pam? Beth ydi dy gêm di?'

'Dim,' atebodd Tudur. 'Meddwl y baswn i'n trio edrych ar dy ôl di oeddwn i.'

'Fedri di ddim fy nhwyllo i, Tudur,' meddai

Tudur Budr

Siwsi. 'Rwyt ti eisiau dal brech yr ieir er mwyn aros gartre o'r ysgol.'

'Nac ydw!' smaliodd Tudur. 'Yfed y lemonêd!'

'Dydw i ddim yn sychedig.'

'Un llymed bach.'

'Dos o'ma!'

'Gad i mi helpu,' meddai Tudur, gan bwyso'r gwydryn yn erbyn gwefusau Siwsi. Cododd waelod y gwydryn fymryn. Tagodd Siwsi nes bod y lemonêd yn tasgu o'i cheg. Aeth y ddiod dros ei phyjamas a gwlychu'r dillad gwely.

'MAAAM!' llefodd Siwsi. 'MAE TUDUR YN BOD YN GAS!'

Rhuthrodd Mam i fyny'r grisiau.

'Beth sy'n digwydd fan hyn?' holodd.

'Dim!' meddai Tudur.

'MAE TUDUR WEDI GWLYCHU'R GWELY!' sgrechiodd Siwsi.

'Tudur!' bloeddiodd Mam. 'ALLAN!'

Tudur Budr

Dihangodd Tudur i'w stafell wely. Roedd y
gwydryn yn dal i fod ganddo ac, yn ffodus,
roedd yna ychydig o lemonêd ar ôl yn y
gwaelod. Gallai daeru ei fod yn gweld jyrms
yn nofio ynddo fel penbyliaid bychain. *Brech
yr ieir, dyma fi'n dod!* meddyliodd, gan yfed
gweddill y lemonêd mewn un llwnc.
Rhedodd i'r stafell ymolchi a syllu ar ei wyneb.
Aeth munud heibio. Dwy funud. Edrychodd
ar ei fol. Dim un smotyn. *Mae hyn mor
annheg,* meddyliodd Tudur. Roedd Siwsi wedi
dal brech yr ieir heb hyd yn oed geisio
gwneud hynny.

Roedd amser yn prinhau. Unrhyw
funud rŵan byddai Mam yn ei lusgo i'r ysgol
a byddai'n rhaid iddo wynebu Miss Jones.
Doedd dim modd dianc. Oni bai . . .
cofiodd yn sydyn am lyfr mawr meddygol glas

ei fam. Daeth o hyd iddo ar fwrdd y gegin.
Twymyn, llosgiadau, cleisiau ... brech yr ieir –
dyma ni!

Brech yr Ieir

Salwch sy'n gyffredin mewn plant

Symptomau:
Smotiau bychain cochion sy'n
cosi, twymyn, poen dros y corff,
teimlo'n sâl, dim awydd bwyd.
(gweler Llun 1)

Triniaeth:
Gorffwys yn y gwely. Os oes
gan blentyn frech yr ieir
NI DDYLAI fynd i'r ysgol.
Hyd yn oed os yw'n erfyn am
gael mynd.

Llun 1

Tudur Budr

Darllenodd Tudur y dudalen ddwywaith cyn cau'r llyfr. *Efallai nad oes rhaid i mi ddal jyrms Siwsi wedi'r cyfan,* meddyliodd. Y cyfan oedd angen iddo ei wneud oedd twyllo ei fam i *gredu* ei fod wedi dal brech yr ieir. Yna fe fyddai'n saff. Dim Miss Jones, dim ysgol a dim cyflwyno hen waith cartref diflas.

PENNOD 3

'Tudur, ble wyt ti? Mae'n amser i ni fynd!' gwaeddodd Mam.

Cerddodd Tudur yn araf i lawr y grisiau gan lusgo'i draed ar hyd y cyntedd.

'Dwi wedi blino,' cwynodd.

'Cwyd dy ysgwyddau,' meddai Mam. 'Rydyn ni'n hwyr ac mae arna i eisiau dod yn ôl cyn gynted â phosibl at Siwsi. Felly, brysia.'

Tudur Budr

Agorodd Mam y drws a brasgamu i lawr y ffordd.

Dilynodd Tudur y tu ôl iddi yn arafach na malwen.

'Fedri di gerdded ychydig yn gynt?' cyfarthodd Mam.

'Dwi wedi blino!' cwynodd Tudur. 'Mae 'nghoesau i'n brifo!'

'Tudur, rho'r gorau i'r hen lol yma!' meddai Mam. 'Does dim byd yn bod arnat ti! Rŵan, brysia wnei di!'

'Dwi'n sâl!' llefodd Tudur. 'Dwi'n brifo drosta i.'

'Lle sy'n brifo?'

'Pobman,' meddai Tudur.

Rowliodd Mam ei llygaid. 'Does gen i ddim amser i wastraffu, Tudur. Rwyt ti'n mynd i'r ysgol a dyna ddiwedd arni.'

Cerddodd yn fân ac yn fuan i lawr y stryd. Dechreuodd Tudur wneud synau dwi-am-fod-yn-sâl.

Tudur Budr

Cariodd Mam yn ei blaen i gerdded.

'Hyyy! Yyyych!' Swniai Tudur fel petai'n cyfogi.

Trodd Mam ar ei sodlau. 'BETH RŴAN?'

'Dwi'n meddwl 'mod i am fod yn sâl!'

'Felly beth sy'n bod arnat ti, Tudur? Coesau'n brifo neu deimlo'n sâl?'

'Y ddau,' meddai Tudur. 'Dwi'n meddwl 'mod i wedi'i dal hi.'

'Dal beth?'

Tudur Budr

'Brech yr ieir!'

Plygodd Mam ar ei chwrcwd i astudio'i wyneb. 'Brech yr ieir, ie?' meddai. 'A ble mae'r smotiau, felly? Dangos i mi.'

Wps, meddyliodd Tudur. Roedd o wedi anghofio popeth am y smotiau.

Tudur Budr

Plethodd Mam ei breichiau. 'O diar,. Ydi, mae hyn yn ddifrifol iawn,' meddai. 'Difrifol dros ben. Dwi'n gwybod beth sy'n bod arnat ti. *Gwaith-cartref-aitis.*'

'Ym, ydi hwnnw'n beth drwg?' holodd Tudur.

'Ofnadwy. Mae'n bosib ei ddal o pan nad wyt ti wedi gwneud dy waith cartref. Does ond un peth i'w wneud er mwyn gwella'n fuan, mae gen i ofn.'

'Aros gartre?' gofynnodd Tudur, yn obeithiol.

'Na,' meddai Mam. 'Dweud wrth dy athrawes. Dwi'n siŵr y bydd Miss Jones yn gwybod yn iawn beth i'w wneud hefo ti. Tyrd yn dy flaen!'

PENNOD 4

Cyrhaeddodd Tudur a'i fam giatiau'r ysgol.
Cododd Tudur ei law ar ei ffrindiau, Darren ac
Eifion, oedd yn cydio'n dynn yn eu llyfrau
gwaith cartref, yn barod i'w cyflwyno. Roedd
Miss Jones yn crwydro'r iard chwarae'n araf
gan rythu'n fygythiol ar unrhyw un oedd yn
meiddio gwneud sŵn. Gwelodd Tudur
Arianrhod Melys yn sugno ar ddarn o licris

Tudur Budr

ger y ffens. Roedd Arianrhod yn byw drws nesaf i Tudur. Roedd hi'n chwe blwydd oed a dros ei phen a'i chlustiau mewn cariad ag o. Fel arfer, fe fyddai'n ceisio ei hosgoi, ond ar yr eiliad hon, hi oedd ei unig obaith.

'Ai licris wyt ti'n ei fwyta?' gofynnodd Tudur.

'Ia,' meddai Arianrhod, yn wên o glust i glust. 'Fe wnes i ei brynu o efo fy arian poced.'

'Ga i ddarn?'

Ysgwyd ei phen wnaeth Arianrhod. 'Na! Fi sydd biau fo!'

'Plis? Dim ond darn bach?'

'Dwi wedi bod yn ei sugno fo'n barod. Mi fydd fy jyrms i drosto fo i gyd!' meddai Arianrhod, gan chwifio'r licris gwlyb o'i blaen.

Tudur Budr

'Fe gei di fy afal i yn ei le o,' meddai Tudur.

'Dim diolch.'

Roedd amser yn brin. Roedd Mam newydd orffen sgwrsio â Mrs Melys ac yn paratoi i fynd.

'Fe gei di hanner can ceiniog gen i,' meddai. 'Fe ddo i â fo i'r ysgol ddydd Llun.'

Ystyriodd Arianrhod y cynnig yn ofalus. Gallai brynu llawer o licris am hanner can ceiniog.

'Cris croes, tân poeth?' meddai.

'Ia, ia, torri 'mhen, torri 'nghoes.'

Sugnodd Arianrhod ar y darn licris am y tro olaf cyn ei drosglwyddo i Tudur. Gwthiodd Tudur o i'w geg yn gyflym a'i gnoi. Roedd Mam yn dod tuag ato. 'Hwyl, Tudur. Mwynha dy ddiwrnod yn yr ysgol.'

Llyncodd Tudur. 'Mmmmmnh!' cwynodd.

'Beth?'

Pwyntiodd Tudur at ei wddf.

'Mmmmnh! Mmmmnh!' crawciodd.

Tudur Budr

'Beth? Fedra i ddim deall beth rwyt ti'n ei ddweud!'

'Mae 'ngwddw i'n brifo!'

Ochneidiodd Mam. 'Tudur, rydyn ni wedi bod trwy hyn i gyd yn barod. Does dim byd o'i le arnat ti.'

'Oes, mae 'na!'

'O'r gorau, dangos i mi. Agor dy geg.'

Agorodd Tudur ei geg a dangos ei dafod.

'MAWREDD MAWR!' sgrechiodd Mam. 'MAE O'N DDU! PAM NA DDYWEDAIST TI'N GYNT?'

Tudur Budr

Gorweddai Tudur ar y soffa gan neidio o un
sianel deledu i'r llall. Roedd heddiw am fod yn
ddiwrnod i'r brenin. Roedd Siwsi'n teimlo'n
rhy wan i adael ei gwely ac felly roedd
ganddo'r stafell fyw i gyd iddo'i hun.
Llyncodd lemonêd a llowcio llwyaid arall o
hufen iâ siocled. Roedd y cyfan wedi
gweithio'n berffaith. Roedd Mam eisiau

Tudur Budr

ffonio'r doctor yn syth, ond erbyn iddyn nhw
gyrraedd adref, roedd ei dafod yn edrych
tipyn gwell. Er hynny, roedd hi wedi
penderfynu y dylai gadw draw o'r ysgol
heddiw. Gwenodd Tudur wrtho'i hun wrth
gymryd llwnc arall o'r botel lemonêd. Doedd
dim rhaid iddo wynebu Miss Jones, a hynny
heb iddo orfod dal unrhyw smotiau afiach
chwaith.

Tudur Budr

Y bore canlynol, deffrodd Tudur yn gynnar.
Gwych, meddyliodd. *Dydd Sadwrn!* Roedd yr
haul yn tywynnu a doedd dim rhaid iddo fynd
i'r ysgol. Gwisgodd ei ddillad mewn chwinciad
a rhuthro i lawr y grisiau.

'O, rwyt ti wedi codi,' meddai Mam. 'Sut
wyt ti'n teimlo erbyn bore 'ma?'

'Gwell o lawer,' meddai Tudur. 'Ga i fynd i'r
parc gyda Darren ac Eifion?'

'Na chei siŵr,' meddai Mam. 'Dydw i ddim
eisiau iddyn nhw ddal dy jyrms di.'

Gwgodd Tudur. 'Does gen i ddim jyrms,'
meddai. 'Dwi'n well rŵan. Ro'n i'n meddwl fy
mod i wedi dal rhywbeth, ond mae'n amlwg
erbyn heddiw nad o'n i wedi'r cyfan.'

'Wyt ti'n meddwl hynny?' meddai Mam.
'Wyt ti wedi edrych yn y drych?'

Teimlodd Tudur ei wyneb. Teimlai'r awydd i

gosi, mwya sydyn. A theimlodd yn boeth.
Rhuthrodd i'r cyntedd i edrych ar ei
adlewyrchiad yn y drych.

Roedd y peth yn amhosib! Roedd ei
wyneb wedi'i orchuddio â channoedd o
smotiau cochion!

STOMP!

PENNOD i

Roedd Tudur wrth ei fodd gyda phrynhawniau
Sul. Byddai Nain fel arfer yn galw heibio am
de, ac yn aml yn dod â chacen flasus gyda hi.
Heddiw roedd hi wedi dod â ffefryn Tudur:
Cacen Siocled.

'Tudur,' meddai Nain. 'Wyt ti'n gwneud
rhywbeth Sadwrn nesaf?'

'Mbyd,' atebodd Tudur, â llond ei geg.

Tudur Budr

'Wel, tybed hoffet ti ddod i ddawnsio hefo fi?'

Tagodd Tudur ar ei gacen, gan achosi i friwsion dasgu dros y bwrdd.

'FI?'

'Ia, dwi'n bwriadu cymryd rhan mewn cystadleuaeth, ond does gen i ddim partner ar hyn o bryd. Mae cefn Stan yn boenus ar ôl iddo fod yn garddio'r penwythnos diwethaf.'

'Ond fedra i ddim dawnsio!' meddai Tudur.

'Wrth gwrs y gelli di. Mae gennyt ti ddwy droed.'

'Ac fe fuost ti yn nisgo'r ysgol,' ychwanegodd Mam.

'Wnes i ddim dawnsio!' meddai Tudur, a golwg ofidus arno. 'Dim ond bwyta creision wnes i yno!'

'Wel, dwi'n siŵr y byddi di'n iawn ar ôl ychydig o ymarferion. Plis Tudur, er mwyn dy nain.'

Tudur Budr

Ysgydwodd Tudur ei ben. Doedd o'n bendant ddim am gael ei weld yn agos at unrhyw ddawns . . . yn enwedig hefo'i nain. Roedd hi'n dawnsio fel y dawnswyr yna ar y teledu. *Dawnsio neuadd* ac ati! Prancio o gwmpas y llawr mewn trowsus tyn a pheisiau ffriliog. Doedd gan Nain ddim gobaith ei berswadio i wneud hynny! Byddai'n well ganddo fwyta bwyd ci na dawnsio fel'na.

Tudur Budr

Ochneidiodd Nain. 'O, wel, mi fydd yn rhaid i mi chwilio am rywun arall i rannu'r wobr hefo fo, felly.'

Stopiodd Tudur ar ganol cegaid o gacen. 'Pa wobr?'

'Na, paid ti â phoeni, wedi'r cwbl, does gen ti ddim diddordeb.'

'Mae gen i ddiddordeb! Pa wobr?'

'Wel, os byddwn ni'n ennill y gystadleuaeth, y wobr fydd taith mewn llong foethus i Efrog Newydd.'

Agorodd llygaid Tudur led y pen. Efrog Newydd! Gwlad hambyrgyrs a chŵn poeth! Byddai llong foethus yn golygu un gyda phwll nofio a gweision personol iddo fo'i hun arni. Efallai y byddai'r capten yn gadael iddo lywio'r llong i mewn i harbwr Efrog Newydd hyd yn oed!

'Fyddai'n rhaid i mi gymryd amser o'r ysgol?' gofynnodd.

Tudur Budr

'Wel, os enillwch chi, mae'n debyg y bydd rhaid,' meddai Mam.

'Dwi'n gêm!' cyhoeddodd Tudur.

'HWWRÊÊÊÊÊ!' bloeddiodd Nain, gan gydio yn ei ddwylo'n dynn. Troellodd Tudur mewn cylchoedd cyflym o'i chwmpas yn y gegin, nes iddi fynd i deimlo'n benysgafn a syrthio i'r gadair.

O diar! meddyliodd Tudur. *Os mai dyma mae hi'n ei alw'n ddawnsio, rydyn ni mewn trwbl mawr!*

PENNOD 2

Y noson ganlynol, llusgwyd Tudur i'r dosbarth dawnsio gan Nain. Rhythodd ar y cyplau'n cydgamu o amgylch y neuadd. Edrychai'r rhan fwyaf ohonyn nhw'n hŷn na mymi o'r Aifft.

Camodd Miss Troell, yr athrawes, yn ei blaen. Roedd hi'n dal ac yn denau fel pren mesur, a'i gwallt wedi'i gribo'n dynn mewn pêl.

Tudur Budr

'Mae hi mor braf gweld aelod newydd yma heno,' parablodd. 'Ga i estyn croeso cynnes iawn i Tudur!'

Curodd y dosbarth cyfan eu dwylo. Tybiai Tudur y bydden nhw'n stopio curo'u dwylo'n fuan iawn o'i weld o'n dawnsio.

Rhannodd Miss Troell nhw yn grwpiau. Dechreuon nhw gyda'r walts.

'Cam . . . cam . . . at ei gilydd,' llafarganodd Miss Troell. 'Tudur, llithra dy droed, nid ei stampio! A phaid ag edrych ar dy draed!'

Tudur Budr

Ochneidiodd Tudur. Roedd hyn yn amhosibl. Sut oedd disgwyl iddo wybod beth oedd ei draed o'n wneud ac yntau ddim yn cael edrych arnyn nhw?

'Un, dau, tri. Un, dau, tri,' llefarodd y dosbarth, gan lithro ar hyd y llawr fel elyrch.

STAMP! STAMP! STOMP!

STAMP! STAMP! STOMP! oedd y sŵn o gyfeiriad Tudur, wrth iddo gamu fel eliffant ar hyd y llawr.

Aeth pethau o ddrwg i waeth pan ddaeth hi'n amser iddo ddawnsio gyda Nain. Roedd hi'n ddwywaith talach na Tudur, ac felly fe dreuliodd o fwyafrif y ddawns wedi'i wasgu yn erbyn ei bronnau.

Tudur Budr

Ochneidiodd Nain. 'Ti sydd i fod i arwain!'

'Sut fedra i arwain a finnau'n methu gweld lle dwi'n mynd?' cwynodd Tudur.

O'r diwedd, daeth hi'n amser egwyl.

'Ffiw, dwi di fflagio'n lân!' meddai Nain yn ymladd am ei gwynt, ac yn sychu ei thalcen ar yr un pryd. Prynodd Tudur ddiod ac eistedd wrth ei hymyl.

Gwyliodd y ddau gwpl tal gyda lliw haul yn ymarfer eu dawns. Roedd gan y dyn wallt fel Elvis. Chwyrlïodd y ddau ar draws y llawr fel petaen nhw wedi'u gludo'n sownd i'w gilydd.

'Maen nhw'n dda, yn dydyn nhw?' meddai Tudur.

Rowliodd Nain ei llygaid. 'Cefin a Ceri-Ann ydyn nhw. Maen nhw wastad yn ein hatgoffa ni mai nhw ydi Pencampwyr y Gogledd. Nhw ydi'r ffefrynnau i ennill ddydd Sadwrn.'

Tudur Budr

Disgynnodd ceg Tudur yn agored. 'Ydych chi'n dweud fod yn rhaid i ni eu curo *nhw*?'

'Oes, yn anffodus.'

Roedd Cefin yn stampio'i draed ac yn chwifio'i freichiau fel petai'n barod i hedfan.

Tudur Budr

'Beth mae o'n ei wneud?' gofynnodd Tudur.

'Y *paso doble* maen nhw'n ei alw fo,' eglurodd Nain. 'Mae o fel ymladd teirw.'

Agorodd Tudur ei lygaid led y pen. Ymladd teirw? Dyna'r math o ddawnsio fyddai *o'n* ei fwynhau. Gwell o lawer na rhyw hen walts wirion. Dychmygodd Tudur ei fod o'n fatador enwog yn mynd i mewn i'r cylch. Taflodd ei glogyn o'i gefn a moesymgrymu. Roedd y dyrfa'n gweiddi ei enw: 'EL TUDURO! EL TUDURO! EL ...'

'TUDUR!' sibrydodd Nain, gan ei brocio'n ysgafn yn ei asennau.

Cododd Tudur ei ben i weld Pencampwyr y Gogledd yn syllu arno. O edrych yn agosach, roedd gwallt Cefin yn edrych fel pen-ôl racŵn.

Gosododd ei law ar ben Tudur. 'Helô, ŵr ifanc. Wyt ti'n mwynhau dy hun?'

'Wel, mi o'n i gynnau,' gwgodd Tudur.

Tudur Budr

Gosododd Ceri-Ann ei llaw ar fraich Nain. 'O, Dot, mae'n ddrwg *iawn* gen i glywed am yr hen Stan, druan. Felly fydd gennych chi ddim partner ar gyfer dydd Sadwrn! Dyna hen dro, yntê Cefin?'

Dylyfodd Cefin ei ên. 'Ie, trueni mawr. Ond dyna ni, doeddech chi ddim yn debygol o ennill beth bynnag, oeddech chi?'

'O, peidiwch chi â phoeni,' meddai Nain. 'Dydw i ddim am roi'r ffidl yn y to. Dwi wedi dod o hyd i bartner newydd, yn do, Tudur?'

Agorodd Tudur ei geg a thorri gwynt. Dechreuodd Cefin a Ceri-Ann floeddio chwerthin.

'HA! HA! O mae hynny mor ANNWYL! Eich ŵyr! HA! HA!'

Plethodd Nain ei breichiau. ''Dwn i ddim beth sydd mor ddoniol. Mae Tudur yn ddawnsiwr talentog iawn, i chi gael deall.'

48

Tudur Budr

49

Tudur Budr

'Ydw,' cytunodd Tudur. 'A dwi wedi bod yn gwylio'r math yma o beth ar y teledu.'

'Felly rwyt ti'n siŵr o fod yn ymwybodol mai ni ydi Pencampwyr y Gogledd – deirgwaith yn olynol, cofia,' ymffrostiodd Cefin. 'Mae ein *paso doble* ni'n enwog erbyn hyn.'

'Hy!' meddai Tudur. 'Rydan ni am wneud y "pasio trwbl" hefyd, yn dydyn ni, Nain?'

Bu bron i aeliau Nain daro'r nenfwd.

'Chi?' chwarddodd Cefin. Fedrwch chi ddim dawnsio'r *hokey-cokey*! Tyrd Ceri-Ann, byddai'n well i ni fynd a gadael i'r amaturiaid yma ddal ati i freuddwydio!'

Tudur Budr

Rhoddodd Tudur bwt bach ysgafn i'w Nain. 'Welsoch chi hynna? Mae o'n gwisgo *wig*!'

'Paid â phoeni am hynny,' griddfanodd Nain. 'Pam wnest ti ddweud wrthyn nhw ein bod ni am ddawnsio'r *paso doble*?'

Cododd Tudur ei ysgwyddau. 'Fedrwn i ddim meddwl am unrhyw beth arall i'w ddweud wrthyn nhw. A beth bynnag, ro'n i'n meddwl eich bod chi eisiau ennill?'

'Rydw i eisiau ennill. Ond fe gymrith fisoedd i ni ymarfer y *paso doble*!'

Llowciodd Tudur weddill ei ddiod. 'Wel, fe fyddai'n well i ni ddechrau ymarfer, felly!'

PENNOD 3

Am weddill yr wythnos bu Tudur yn ymarfer
bob munud sbâr oedd ganddo. Roedd o'n
benderfynol y byddai o a Nain yn fuddugol yn
y gystadleuaeth. Doedd o'n sicr ddim am
adael i Cefin y crafwr a Ceri-Ann ennill y
fordaith foethus.

Gwnaeth Tudur bob ymdrech i ddysgu sut i
ddawnsio fel matador. Bu'n ymarfer y camau

Tudur Budr

yn ei stafell wely, gan stampio i fyny ac i lawr
hyd nes i'w dad weiddi arno i fod yn dawel.
Bu'n ymarfer ar ei ffordd i'r ysgol – achosodd
hynny i bobl edrych yn ddigon rhyfedd arno
wrth yr arhosfan bysiau. Ddydd Gwener,
daeth Mam o hyd iddo'n tynnu rhaff gyda
Chwiffiwr.

'Tudur! Beth ar wyneb y ddaear wyt ti'n ei
wneud?' gwaeddodd.

'Ymarfer!' meddai Tudur, yn fyr o wynt.

Tudur Budr

Craffodd Mam yn fanylach. 'Nid fy sgarff orau i ydi honna gobeithio?'

'Dwi wedi'i benthyg hi. Mae'n rhaid i mi chael fel rhan o 'ngwisg.'

'Mae'n fudr! Tynna hi allan o geg Chwiffiwr!'

'Dyna dwi'n trio ei wneud!' ebychodd Tudur. 'Mae o'n ... gwrthod ... ei ... gollwng!'

Daeth sŵn rhywbeth yn rhwygo. Gollyngodd Chwiffiwr ei afael.

'Ffiw!' pwffiodd Tudur, gan eistedd i lawr. 'Mae'r dawnsio yma'n waith caled.'

Daeth dydd Sadwrn, diwrnod y gystadleuaeth. Roedd y rownd derfynol yn cael ei chynnal yn Neuadd y Crach. Roedd teulu Tudur yn dod i wylio, er iddo grefu arnyn nhw i gadw draw. Roedd Siwsi wedi dweud nad oedd hi am golli'r digwyddiad hwn am bris yn y byd.

Tudur Budr

Ar y ffordd yno roedd Nain a Tudur wedi galw yn y siop llogi gwisgoedd ffansi, er mwyn casglu eu gwisgoedd ar gyfer y gystadleuaeth. Roedd ffrog Nain yn edrych yn Sbaenaidd, â smotiau mawr coch drosti. Yn anffodus, roedd hi wedi'i gwneud ar gyfer rhywun llawer llai o faint na hi. Safodd Tudur y tu allan i'r stafelloedd newid wrth iddi hi ymladd â'r sip.

'Mi fydd yn rhaid i chi ddal eich gwynt,' ebychodd gweithwraig y siop.

'RYDW I YN dal fy ngwynt!' cwynodd Nain.

Roedd Tudur wedi cael gwisg matador smart gyda het ddu a chlogyn coch. Safodd o flaen drych tal, gan chwyrlïo'r clogyn fel dyn ymladd teirw.

Tudur Budr

'Olé! Olé! Ol-wps!' syrthiodd pentwr o focsys oddi ar y cownter. Plygodd yn gyflym i'w codi. Roedd y bocsys yn cynnwys triciau doniol fel pryfed ffug mewn ciwbiau rhew a chlustogau rhech. Ond y bocs mwyaf diddorol o'r cyfan oedd y bocs bach coch.

Goleuodd wyneb Tudur. Dychmyga'r hwyl oedd i'w chael gyda phowdr cosi! Gallai ei ddefnyddio ar rywun nad oedd o'n ei hoffi – Cefin neu Ceri-Ann, er enghraifft. Wedi meddwl am y peth, fyddai hynny ddim yn syniad rhy ffôl. Gallai hynny hyd yn oed ei helpu i ennill y gystadleuaeth.

Gwthiodd y bocs bach coch i'w boced a gadael ychydig o bres mân ar y cownter.

Tudur Budr

PENNOD 4

Roedd y gynulleidfa'n araf lenwi seddi
Neuadd y Crach. Brysiodd Tudur a Nain i
gefn y llwyfan i baratoi. Tra oedd Nain yn
pinio'i gwallt i'w le o flaen y drych,
edrychodd Tudur o'i gwmpas … dyma'i gyfle!

Aeth i chwilio am ei elynion. Daeth o hyd i
Ceri-Ann yn ei hystafell wisgo bersonol, yn
gwisgo pais a gwg.

Tudur Budr

'Beth wyt ti'n feddwl ti'n ei wneud?' brathodd.

'O, mae'n ddrwg gen i, ro'n i'n ym ... edrych am Nain,' meddai Tudur.

'Tydi hi ddim yn fan hyn,' meddai Ceri-Ann. 'Ond gan fod gennyt ti'r wyneb i ddod yma yn y lle cyntaf, fe gei di wneud cymwynas fach â mi. Dos i nôl fy ffrog oddi ar y rheilen. Yr un las gyda'r diemwntau drosti.'

Caeodd Tudur y drws. Roedd hwn yn gyfle rhy dda i'w golli. Daeth o hyd i'r ffrog ar y rheilen. Edrychodd dros ei ysgwydd i wneud yn siŵr nad oedd neb yn ei wylio, cyn estyn y bocs bach coch o'i boced.

Taranodd chwerthiniad Cefin o'r stafell nesaf. 'HA! HA! Mae o mor ddoniol! Dydi'r bachgen prin yn cyrraedd at ei chanol hi!'

Digon oedd digon. Ysgydwodd Tudur beth o'r powdr oren y tu mewn i'r ffrog. Fyddai hi ddim yn cymryd llawer o amser

Tudur Budr

cyn y byddai'n
gweithio –
*cawn ni weld
pwy fydd yn
chwerthin
wedyn!*

9 9 10

'Foneddigion a boneddigesau, a wnaiff ein
dawnswyr ni ddod i ganol y llawr ar gyfer
y *paso doble!*'

Pylodd y golau a thorrwyd ar y tawelwch
gan ffanffer y band pres. *Dyma ni,* meddyliodd
Tudur.

Roedd ei wisg yn gwneud iddo chwysu.
Ar ben hynny, roedd ei glogyn mor hir fel ei
fod yn llusgo o dan ei draed.

Tudur Budr

'Tudur, mae'n amser i ni fynd!' sibrydodd Nain, gan ei lusgo i'r cefn. Baglodd Tudur ar y llawr. Dechreuodd y gynulleidfa biffian chwerthin. Doedden nhw erioed wedi gweld matador yn gwisgo pymps o'r blaen. Llithrodd Nain i ganol y sbotolau, gan gydio'n dynn yn Tudur er mwyn cadw'i chydbwysedd.

Ceisiodd Mam, Dad a Siwsi gadw wyneb syth yn y rhes flaen. Dechreuodd y gerddoriaeth chwarae. Roedd Cefin, Ceri-Ann a'r cyplau eraill wrthi'n creu patrymau ar hyd y llawr.

Chwifiodd Tudur ei glogyn coch mewn cylchoedd. Fo oedd El Tuduro, y matador dewr.

STOMP! STOMP! aeth ei draed.

SWISH! SWISH! aeth ei glogyn.

STOMP!

SWISH! . . . AAA! Roedd y clogyn wedi gorchuddio'i ben.

Tudur Budr

Tudur Budr

Camodd Tudur yn ddall mewn cylchoedd, yn ceisio'i dynnu.

'Aw!' Aeth yn benben â rhywbeth meddal. Nain oedd yno, a dechreuodd y ddau ohonyn nhw simsanu a siglo fel petaen nhw'n sefyll ar rew. Camodd Nain ar gynffon ei ffrog a disgyn yn fflat ar y llawr. Glaniodd Tudur ar ei phen.

'GWYLIWCH!' bloeddiodd un o'r cyplau, ond roedd hi'n rhy hwyr . . .

CRAAASH!

BANG!

FFLOP!

Tynnodd Tudur yr het oedd wedi disgyn dros ei lygaid. Gorweddai'r dawnswyr yn un pentwr blêr o freichiau, coesau, rhubanau a ffriliau. Ymbalfalodd Tudur, gan ddringo dros ei Nain. Roedd ei ffrog hithau wedi rhwygo o'i chefn, gan ddangos ei fest gaeaf.

Roedd un o'r beirniaid yn brasgamu tuag

Tudur Budr

atyn nhw gyda chlipfwrdd o dan ei fraich a gwg
ar ei wyneb. Roedd gan Tudur deimlad ym
mêr ei esgyrn fod ei ddyddiau dawnsio ar ben.

3 **1** **0**

Eisteddodd Nain a Tudur i wylio'r rownd
derfynol yn mynd yn ei blaen. Roedd y
beirniaid wedi'u diarddel o'r gystadleuaeth am
eu bod yn beryglus i'r cystadleuwyr eraill.

Tudur Budr

'O wel,' meddai Nain. 'Fe wnaethon ni ein gorau. Mae'n ddrwg gen i na fyddwn ni'n cael mynd i Efrog Newydd.'

'Mae'n iawn,' atebodd Tudur gan godi ei ysgwyddau.

'Trueni mai'r pennau bach acw fydd yn ennill eto,' cwynodd Nain. 'Chawn ni ddim clywed diwedd hyn ganddyn nhw am wythnosau. Edrycha arnyn nhw mewn difri calon!'

Gwyliodd Tudur Cefin yn codi Ceri-Ann uwch ei ben. Roedd hi'n ysgwyd ei hysgwyddau.

''Dwn i ddim am hynny,' meddai Tudur. 'Dim ond dechrau maen nhw.'

Roedd Ceri-Ann yn sicr yn dechrau ymddwyn yn ddigon rhyfedd. Roedd hi'n gwingo fel petai ganddi chwain dros ei chorff.

Yng nghanol y llawr dawnsio, roedd y powdr cosi'n dechrau gwneud ei waith.

'Beth sy'n bod arnat ti?' sibrydodd Cefin.

Tudur Budr

'Does gen i mo'r help!' cwynodd hithau.
'Y ffrog yma sydd ar fai. Mae hi'n fy nghosi i!'
Crafodd ei chefn.

'Stopia!' gorchmynnodd Cefin.
'Mae pobl yn syllu
arnat ti! Canolbwyntia
ar y ddawns!'

'Dwi'n trio fy
ngorau!' gwichiodd
Ceri-Ann. 'Ond ...
Aw! O! Ach!
Mae'n cosi!'

Stompiodd
ei thraed a
chosi ei breichiau.
Crafodd ei chefn fel rhyw
hen gi efo chwain.
Ceisiodd Cefin gydio yn ei
dwylo, ond gwthiodd hi o'r neilltu.
'PAID Â SEFYLL YNO FEL LLO!'

Tudur Budr

bloeddiodd. 'GWNA RHYWBETH! DWI AR
DÂN FAN HYN!'

Gwnaeth Cefin yr hyn mae pawb yn ei
wneud pan mae rhywbeth ar dân. Cipiodd
jẁg o ddŵr oddi ar y bwrdd agosaf a'i wagu
dros ben ei bartner.

Cafwyd saib o dawelwch, anghyfforddus.
Yna sgrechiodd Ceri-Ann.

'AAAA! Y . . . Y . . . FFẀL GWIRION!'

Anelodd ergyd at Cefin. Ebychodd
yntau a throdd ei wyneb yn binc llachar.

Rhuthrodd o'r
neuadd gan afael
yn dynn yn ei
ben moel.

'Drychwch!'
gwaeddodd
Tudur. 'Mi
ddywedes i mai
wig oedd o!'

Tudur Budr

Curodd y gynulleidfa eu dwylo. Os mai dyma beth oedd dawnsio neuadd, roedden nhw eisiau gweld mwy.

Tynnodd Nain ei sbectol a sychu ei llygaid. 'Wel,' gwenodd. 'Dyna'r sioe orau i mi ei gweld ers blynyddoedd. Tybed beth ddaeth dros Ceri-Ann?'

Roedd golwg ddiniwed ar Tudur. 'Dim syniad,' meddai. 'Mae'n rhaid bod rhywbeth wedi'i chosi!'

Doedd pethau ddim cynddrwg ag yr oedd o'n ei ddisgwyl wedi'r cwbl. Doedd o ddim am gael mynd i Efrog Newydd, ond roedd ganddo'r powdr cosi o hyd. Ac roedd mwy na digon ar ôl yn y bocs.

Tybed a ydi Miss Jones yn gallu dawnsio? ystyriodd Tudur. Doedd ond un ffordd o gael gwybod yr ateb.

PENNOD 1

Rhoddodd Mam y ffôn yn ôl yn ei grud.
'Nain oedd ar y ffôn. Fydd hi ddim yn gallu
dod.'

'Beth?' meddai Dad. 'Ond hi sydd fod i
warchod heno!'

'Hi *oedd* fod i warchod. Mae hi wedi bod
at y deintydd heddiw, ac mae'r ddannodd
arni rŵan.'

Tudur Budr

Ochneidiodd Dad. 'Beth wnawn ni? Mae Prysor a Prydwen yn ein disgwyl ni.'

Cododd Tudur ei ben o'r comig roedd yn ei ddarllen. 'Mae'n iawn,' meddai. 'Mi fedra i edrych ar ôl fy hun.'

Byddai'n braf peidio cael rhywun i'w warchod. Roedd Siwsi'n aros yn nhŷ Beca ac felly gallai gael y lle i gyd iddo fo'i hun. Gallai gael noswaith berffaith: stwffio'i hun efo creision, gwylio'r teledu, stwffio'i hun efo siocled ac aros ar ei draed tan berfeddion y nos. Roedd Nain yn anobeithiol yn gwarchod beth bynnag – roedd hi wastad yn syrthio i gysgu yng nghanol chwarae môr-ladron. Doedd Tudur ddim yn gweld pam oedd angen rhywun i'w warchod. Doedd o ddim yn fabi. Roedd o'n gwybod lle roedd y bwyd yn cael ei gadw ac yn gwybod sut i weithio'r teledu, felly fe allai o edrych ar ôl ei hun.

Tudur Budr

Doedd Mam ddim yn cytuno.

'Paid â siarad yn wirion, Tudur,' meddai. 'Fedrwn ni ddim dy adael di ar dy ben dy hun.'

'Pam lai?' holodd Tudur.

'Beth petai rhywbeth yn digwydd?'

'Fel beth?'

'Fel ti'n llosgi'r tŷ yma,' meddai Dad.

Ochneidiodd Mam. 'Mi fydd yn rhaid i mi ffonio Prydwen i ddweud na fyddwn ni'n gallu dod wedi'r cwbl.'

'Ond fe wnaethon ni eu siomi nhw fel hyn y tro diwethaf,' meddai Dad. 'Mae'n rhaid bod *rhywun* ar gael i warchod. Beth am Alwen?'

Tudur Budr

'Mae hi wedi mynd yn ei hôl i'r brifysgol.'

'Sioned?'

'Mae hi'n gwrthod dod, byth ers i Tudur roi malwen yn ei gwallt hi.'

'Nid malwen oedd hi!' protestiodd Tudur. 'Mwydyn oedd o.'

'Dwi'n gwybod!' meddai Mam. 'Beth am Cliff?'

Cododd Tudur ei ben. Cliff? Cliff â'r holl smotiau o'r ochr draw i'r ffordd? Oedden nhw wedi mynd yn wallgof? Doedd o byth braidd yn siarad! Roedd yn well ganddo wneud ei waith cartref na threulio noswaith yng nghwmni Cliff!

'Ydi Cliff yn gwarchod plant?' holodd Dad, yn amheus.

'Dydyn ni ddim gwaeth â holi. Fe ffonia i ei fam o i weld.'

Tudur Budr

Pum munud yn ddiweddarach ac roedd y
cyfan wedi'i drefnu. 'Mae o ar ei ffordd,'
cyhoeddodd Mam.

'O peidiwch chi â phoeni amdana i!'
meddai Tudur, yn chwerw. 'Ewch chi allan a
'ngadael i yma hefo Frankenstein. Dwi'n siŵr
y bydda i'n iawn.'

Tudur Budr

'Tudur, person ifanc, normal ydi o,' meddai Mam. 'Braidd yn swil efallai, ond dyna'r cyfan!'

'Dydi o ddim yn edrych yn swil i mi,' atebodd Tudur, yn sinistr. 'Mae o'n edrych fel llofrudd.'

'A beth bynnag, mi fydd hi'n braf cael bachgen i warchod y tro yma,' meddai Mam. 'Efallai y bydd o'n hoffi chwarae gêmau?'

Gwgodd Tudur. Roedd o'n casáu cael ei warchod. A Cliff fyddai'r gwaethaf erioed.

PENNOD 2

DING DONG!

Brysiodd Mam i agor y drws.

'Cliff! Sut wyt ti?' byrlymodd. 'Mae Tudur
yn y stafell fyw. Mae o'n edrych ymlaen
cymaint at dy gael di yma i'w warchod o!'

Llusgodd Cliff ei draed i gyfeiriad y lolfa.
Edrychai fel petai ar ei ffordd i angladd. Gwisgai
jîns du, crys T du a chôt hir ddu. Roedd y geiriau

Tudur Budr

'Madarch Marw' wedi'u hysgrifennu ar ei grys T ac roedd llun o benglog arno. Rhythodd ar Tudur trwy lenni tywyll o wallt.

'O'r gorau, mi fyddai'n well i ni fynd,' meddai Mam, yn llawen. 'Paid ag aros ar dy draed yn rhy hwyr, Tudur.'

'A phaid â gwneud llanast,' ychwanegodd Dad.

Brysiodd y ddau o'r tŷ, gan gau'r drws yn glep ar eu holau.

Suddodd Cliff i'r gadair freichiau. Roedd tawelwch llethol yn llenwi'r stafell. Pigodd Tudur ei drwyn. Roedd o'n disgwyl i Cliff ddweud wrtho am beidio. Ond y cwbl wnaeth Cliff oedd eistedd yno fel cwmwl du. Edrychodd Tudur tua'r nenfwd a thorri gwynt yn uchel. Edrychodd i gyfeiriad Cliff. Roedd Cliff yn edrych fel petai wedi diflasu'n llwyr yn barod. Rhoddodd Tudur ei draed ar y bwrdd coffi. Crafodd Cliff un o'i smotiau ac yna astudio'i fys.

Tudur Budr

Fedrai Tudur ddim credu'r peth. Roedd
y rhan fwyaf o'r rhai oedd wedi'i warchod
yn y gorffennol wedi'i ddwrdio
yn y pum munud cyntaf.

Edrychodd o'i gwmpas i edrych am rywbeth
arall i'w wneud. 'Dwi isio bwyd,' cyhoeddodd.

Edrychodd Cliff arno.

'Mae Mam yn arfer gadael i mi gael
rhywbeth i'w fwyta pan mae hi'n mynd allan.
Ga i fynd i nôl rhywbeth?'

Cododd Cliff ei ysgwyddau. 'Ocê.'

Tudur Budr

Grêt! meddyliodd Tudur. Fel arfer, byddai'n rhaid iddo swnian a swnian am oriau cyn cael ei ffordd ei hun — a hyd yn oed wedyn dim ond un fisged fach fyddai o'n ei chael. Pan oedd Alwen yn ei warchod, roedd hi'n ei orfodi o i fwyta ffrwythau. Ond yn ôl pob golwg doedd dim ots gan Cliff beth oedd Tudur yn ei wneud.

Aeth Tudur i'r gegin. Llygadodd y cwpwrdd 'pethau da' lle'r oedd Mam yn cadw'r holl ddanteithion melys gwaharddedig. Doedd o ddim i fod i'w agor, na chwalu drwy'r cynnwys. Ddim ers iddo wneud ei hun yn sâl ar ôl bwyta bar anferth o siocled. Er hynny, fyddai cael un peth da o'r cwpwrdd ddim yn gwneud llawer o ddrwg, a fyddai Mam byth yn dod i wybod. Agorodd Tudur y cwpwrdd a chraffu y tu mewn.

Gwichiodd drws y tu ôl iddo.

Neidiodd Tudur mewn braw, gan daro'i ben a gollwng y pecyn creision o'i ddwylo.

Tudur Budr

Pan drodd i edrych, roedd Cliff
yn pwyso ar ffrâm y drws
yn ei wylio. Roedd
y ffordd y gallai
ymddangos
heb wneud
unrhyw
sŵn yn eithaf
brawychus.

'O, helô,'
meddai Tudur.
'Roeddwn
i'n ym . . . nôl pecyn
o greision.'

'Ocê,' meddai Cliff.

'Wyt ti eisiau rhai? Creision?'

Cododd Cliff ei ysgwyddau. 'Ocê.'

'Iawn. Pa flas?' gofynnodd Tudur. 'Rhai
plaen, caws a nionyn neu halen a finegr?'

Cymerodd Cliff y tri phecyn.

Tudur Budr

CRENSHIAN! CRENSHIAN! CRENSHIAN!

Syllodd Tudur yn syfrdan wrth i Cliff lowcio'r creision. Roedd o'n cnoi â'i geg yn agored. Brathodd, a chrensiodd a llyncodd gan ollwng tameidiau mawr dros y carped. *Ac mae Mam a Dad yn dweud fy mod i'n bwyta'n flêr?!* meddyliodd Tudur. Doedden nhw'n amlwg ddim wedi gweld Cliff wrthi.

Tudur Budr

'Wedi cael digon?' holodd Tudur.

Gollyngodd Cliff y pecynnau gwag ar y llawr.

'Mae yma fisgedi hefyd.'

'Oes?' meddai Cliff.

'Yn y tun. Neu fariau siocled – ond mae Mam yn sylwi os ydyn nhw'n mynd yn brin.'

'Ydi hi?'

'Ydi.' Ystyriodd Tudur y peth yn ofalus. 'Ond dwi'n siŵr y byddai cael un yn iawn,' meddai.

PENNOD 3

BYYYYYRP!

Gorweddodd Tudur yn ôl ar y soffa a rhwbio'i stumog lawn. A dweud y gwir roedd o'n teimlo braidd yn sâl. Sychodd Cliff y siocled o'i geg. Roedd y stafell yn llawn pecynnau creision, pecynnau bariau siocled a briwsion bisgedi. Edrychodd Cliff i gyfeiriad y cloc.

Tudur Budr

O na, meddyliodd Tudur. Roedd hi bron yn naw o'r gloch – ac amser gwely wedi hen fynd heibio.

'Mae Mam yn gadael i mi aros ar fy nhraed yn hwyr ar nos Sadwrn fel arfer,' meddai Tudur.

'Ydi hi?'

'Ydi, pan mae 'na rywun yn fy ngwarchod i.'

Cododd Cliff ei ysgwyddau. 'Ocê.'

Fedrai Tudur ddim credu ei lwc. Doedd o byth yn cael aros ar ei draed yn hwyrach na naw o'r gloch – hyd yn oed ar noswyl Nadolig. Efallai y gallai aros ar ei draed drwy'r nos petai o'n gallu diddanu Cliff?

'Wyt ti eisiau chwarae gêm?' gofynnodd.

Pigodd Cliff smotyn oedd ar ei ên. Roedd Tudur yn amau'n gryf a oedd o'n gallu gweld unrhyw beth trwy'r holl wallt 'na.

'Nid gêm fwrdd dwi'n ei feddwl,' meddai Tudur. 'Mi fedrwn ni chwarae môr-ladron.

Tudur Budr

Neu ymosodiad gan fwystfilod o blaned arall. Neu efallai y gallwn ni gael brwydr glustogau?'

Stopiodd Cliff bigo'r smotyn.

BANG! CLEC!

Trawodd Tudur Cliff. Trawodd Cliff o'n ei ôl.

Bownsiodd y ddau i fyny ac i lawr gan daro'i gilydd gyda chlustogau. *Mae hyn yn wych*, meddyliodd Tudur. Doedd Mam byth yn gadael iddo ymladd â chlustogau na neidio ar y soffa. Roedd hi wastad yn dweud y byddai rhywbeth yn siŵr o gael ei dorri.

WAMP!

Lluchiodd Tudur ei glustog y tu ôl iddo, gan roi cnoc i'r lamp oedd ar y bwrdd bach. Glaniodd y lamp ar y fâs flodau. Siglodd honno cyn disgyn i'r llawr yn yfflon.

'Wps!' meddai Tudur.

Tudur Budr

Tudur Budr

WAMP! Cafodd ei daro yn ei wyneb gan glustog Cliff. Holltodd y glustog yn agored, gan lenwi'r stafell â chwmwl o blu.

BANG! WAMP! BIFF! BOFF!

Suddodd y ddau i'r soffa yn ymladd am eu gwynt

'Ffiw,' meddai Tudur. 'Roedd hynna'n hwyl. Beth wnawn ni nesa?'

Daeth o hyd i reolwr y teledu a throi'r teledu ymlaen. *Dyma beth ydi bywyd braf,* meddyliodd Tudur. Doedd Mam a Dad byth yn gadael iddo wylio'r teledu mor hwyr â hyn. Ac roedd yna gymaint o raglenni gwych roedd o eisiau eu gweld. Neidiodd o un sianel i'r nesaf. Stori garu – ych! Sioe goginio – diflas! Cwis, hysbysebion, mwy o hysbysebion, ffilm arswyd ... AROS FUNUD! Doedd Tudur byth yn cael gwylio ffilmiau arswyd.

Tudur Budr

'Beth am i ni wylio hon?' gofynnodd.

'*Deffro'r Meirwon III*. Bril!' meddai Cliff. 'Mae hon yn rili frawychus.'

Dysgodd Tudur fod Cliff wedi gwylio sawl ffilm arswyd. Dyma'r tro cyntaf i Tudur ei glywed yn dweud mwy na thri gair hefo'i gilydd.

Diffoddodd y ddau y golau mawr a gwneud eu hunain yn gysurus i wylio'r ffilm.

Roedd hi'n hanner nos. Roedd y lleuad yn yr awyr. Roedd y bobl yn cysgu'n drwm yn y tŷ. Cododd niwl arswydus dros y llyn. Suddodd Tudur yn ddyfnach ac yn ddyfnach i'r soffa. Gafaelodd yn dynn yn ei glustog.

Roedd o'n gobeithio i'r nefoedd nad oedd yna *sombi* go iawn yn y ffilm hon.

BANG! BANG! BANG!

Llyncodd Tudur ei boer. Roedden nhw'n dod.

CRASH! Daeth llaw sombi trwy ffenestr y tŷ.

87

'WAAAAAA!' sgrechiodd Tudur, gan neidio
y tu ôl i'r soffa.

Sbeciodd heibio'r soffa. *Roedd y sombi yn y
tŷ, yn cerdded fel robot â'i lygaid yn rhythu'n
syth o'i flaen. Roedd o'n dringo'r grisiau ac yn
anelu at lle roedd y bobl yn cysgu . . .*

Rhoddodd Tudur ei ddwrn yn ei geg. Pam
nad oedd neb wedi'i rybuddio fod ffilmiau

arswyd mor . . . arswydus? Efallai y byddai'n
well iddo fynd i'w wely? Ond petai o'n mynd
i'w wely fyddai o byth yn medru cysgu.
Byddai'n siŵr o orwedd yno ar ei ben ei hun
yn y tywyllwch. A beth petai sombi yn dod i
chwilio amdano? Sbeciodd ar y sgrin rhwng
ei fysedd.

Beth yn y byd oedd hwnna? Goleuwyd

Tudur Budr

y stafell yn sydyn. Roedd dwy lygad lachar
yn pelydru drwy'r llen fel goleuadau car.
Aros funud, goleuadau car *oedden nhw.*
Roedd car wedi parcio o flaen y tŷ. Help!
Roedd hyn yn waeth nag unrhyw ffilm
arswyd! Roedd Mam a Dad yn eu holau'n
barod!

PENNOD 4

Edrychodd Tudur o'i amgylch yn wyllt. Roedd
y tŷ'n edrych fel petai lladron wedi bod yno.
Roedd y llawr yn fôr o becynnau creision,
bisgedi a siocled. Roedd darn gwlyb ar y
carped, ac wrth ei ymyl roedd gweddillion
fâs flodau orau Mam. Roedd un o'r
clustogau'n edrych fel pêl-droed wedi colli
ei gwynt. Roedd plu gwyn yn gorwedd dros

Tudur Budr

bopeth fel eira. Teimlodd Tudur don o banig yn llifo drosto. Petai Mam a Dad yn gweld y tŷ fel hyn fyddai ei fywyd o ddim gwerth ei fyw.

Ysgydwodd fraich Cliff. 'Brysia! Maen nhw gartref!'

'Be?'

'Mam a Dad! Mae'n rhaid i ni dacluso!'

Gwgodd Cliff. 'Ti'n sefyll o flaen y sgrin! Hwn ydi darn gorau'r ffilm!'

Fedrai Tudur ddim credu ei glustiau. Oedd Cliff am eistedd yno a gwylio'r teledu? Roedd eu bywydau nhw mewn perygl!

Clywodd sŵn ddrws car yn cau'n glep. Unrhyw funud rŵan byddai'n clywed allwedd Dad yn y drws. Doedd dim amser i'w golli. Rhuthrodd Tudur o amgylch y stafell fel corwynt. Cuddiodd y clustogau y tu ôl i'r teledu. Brwsiodd y plu o dan y soffa. Cododd y lamp oedd wedi syrthio, a mopio'r

Tudur Budr

pwll dŵr ar y carped efo hancesi papur.
Beth arall? Beth arall? Fâs orau Mam!
Aeth Tudur ar ei liniau a chodi'r darnau.
Cydiodd yn y blodau a'r pecynnau creision
a siocled.

Tudur Budr

CLONC! CLONC! CLONC!

Roedden nhw'n cerdded i fyny'r llwybr! Rhuthrodd i'r gegin â llond ei ddwylo o sbwriel. Brysia, brysia, ble fedrai o guddio'r dystiolaeth? Yn yr oergell! Fyddai neb yn edrych yn y fan honno! Agorodd ddrws yr oergell yn wyllt a thaflu popeth i mewn iddi.

CLINC, CLINC, CLANC!

Roedd yr allwedd yn troi yng nghlo'r drws. Caeodd Tudur ddrws yr oergell yn glep a rhedeg i fyny'r grisiau'n gynt na'r gwynt. Cael a chael oedd hi! Ffrwydrodd Tudur i mewn i'w stafell wely, plymio o dan y gorchudd a gorwedd yno'n ymladd am ei wynt.

Tudur Budr

'Cliff! Rydyn ni 'nôl!' galwodd Mam. 'Popeth yn iawn?'

Gwrandawodd Tudur yn astud â'i galon yn curo. Ychydig funudau'n ddiweddarach clywodd y drws ffrynt yn cau'n swnllyd. Roedd Cliff wedi mynd. Gorweddodd Tudur yn ei ôl ac anadlu ochenaid o ryddhad. Roedd hi wedi bod yn agos ond roedd popeth am fod yn iawn. Doedd Mam a Dad ddim wedi sylwi dim. Cododd o'i wely a sleifio allan o'i stafell.

'Am hogyn cwrtais a thawel,' meddai Mam. 'Gobeithio'n wir ei fod o a Tudur wedi cyd-dynnu'n iawn.'

'Wel, o leia mae o yn ei wely,' meddai Dad. 'Ac mae'r tŷ dal yn un darn. Wyt ti eisiau diod fach cyn mynd i'r gwely?'

Rhewodd Tudur yn ei unfan. Na! Sut fedrai o fod mor dwp? Roedd ei dad wastad yn gwneud diod o siocled poeth iddo'i hun cyn

mynd i'w wely. Byddai angen llefrith i wneud
siocled poeth. Ac roedd y llefrith yn y . . .

CRASH!

CLEC!

SMASH!

'TUDUR!'